LA MODE
ET
LA COQUETTERIE

PAR

E. M. GREEN

PARIS

DEVAMBEZ EDITEUR

1912

E. M. Green

UNIVERSITÉ MONDAINE

28, Boulevard des Capucines, 28

Ouverture des portes à 4 h.   ———   Ouverture des portes à 4 h.

MARDI 23 JANVIER 1912

CONFÉRENCE

SUR

la Mode et la Coquetterie

par **M. GREEN**, Couturier

ILLUSTRÉE PAR UN DÉFILÉ DE MANNEQUINS DE SA MAISON

Mme Marcelle FRAPPA

contradictoirement défendra les *Modes anciennes*

LE MANNEQUIN COMIQUE :

Madame Catherine VERDIER, *des Bouffes-Parisiens*

Pendant le cours de la Conférence

MENUET

dit, mimé et dansé par *Mlle Raphaële DEGENNES*, du Vaudeville

réglé par *Mlle Suzanne MANTE*, de l'Opéra

accompagné par l'auteur, *M. René ESCLAVY*

Mlle MÉRENTIÉ .. . .   *Mélodies.*
    de l'Opéra-Comique.

Mlle Alice BONHEUR. .. . ..   *Les Yeux dont je rêve.*
    de l'Opéra-Comique.   *Suzette et Suzon.*

                            Musique de René ESCLAVY,
                              accomp. par l'auteur.

Mlle Anna THIBAUD.. .. ..   *Dans ses Chansons.*

Mlle Nelly MARKETT. .. .   *Les Pêcheurs de Lune.*
    de l'Opéra de Stockholm.

Mlle Sanda DESMOURS .. ..   *Mélodie.*
    du Théâtre de la Gaîté.

Mme Berthe DANGENNES ..   *Récitation de ses Œuvres.*

Mlle Cécilia VELLINI.. .. ..   *La Parisienne.*
    de l'Odéon.   de Paul BILHAUD.

                           Quand Même.
                           de Annie de P NE.

Mlle ESMÉE .. . .   *Danses Grecques.*

Mme Christiane DIX .. . .   *Danse des Fleurs.*

LES PÊCHEURS DE LUNE

Musique de René ESCLAVY. — Livret de Lionel NASTORG
et Raymond FERDA.

Ombres de *Géo DORIVAL*

Chants par *Mlle Nelly MARKETT*, de l'Opéra de Stockholm

Diction par M. *Lionel NASTORG*

Accompagné par l'auteur, M. *René ESCLAVY*

AVANT-PROPOS

Un jour, en surveillant de son regard de coin, le revers que l'essayeur ajustait sur ma jaquette, GREEN, je ne sais plus à quel propos, lança :

— Voyez-vous, Madame, PLAIRE et SE PLAIRE est très différent.

La réflexion me parut amusante. et Green l'ayant un peu développée, je lui dis spontanément :

— Faites-donc une conférence, voilà un sujet pas banal du tout.

Ah ! les hauts cris de Green :

— Moi ! parler en public, vous n'y songez pas, Madame ? Et puis, et puis... je dis bien cela, comme ça, en décousu... mais ces phrases ne tiennent pas debout, je ne suis pas écrivain... quand il s'agira de ranger toutes ces idées sur du papier, elles me fuiront !

J'étais fixée, pour savoir que les idées fuient dès qu'on veut les aligner sur l'impressionnante feuille blanche, il fallait que Green eut déjà essayé.

— Avouez, lui dis-je, qu'il vous est bien arrivé de griffonner quelque chose de ce genre...

Il avoua... L'essayage était terminé. Nous descendîmes dans son bureau et du tréfond d'un tiroir, caché sous une masse de feuillets commerciaux, Green sortit un petit cahier écolier où, pêle-mêle, étaient notées une foule de pensées imprévues, charmantes et un peu ironiques.

Il a jugé bon d'expurger, de retoucher, d'ajouter; c'est regrettable, cependant, telles quelles, les pages qu'on lira plus loin ne manquent pas d'agrément. Certaines, même, m'ont paru si loin du style « chiffon », que je n'ai pu m'empêcher de demander à Green :

— Etes-vous né couturier ? Fut-ce là votre première vocation ?

— J'aime infiniment mon métier, me répondit-il.

— Il ne s'agit pas de cela, je vous demande si ce fut toujours là votre rêve ?

Mais voilà que le visage enjoué, sous son apparence grave, devint songeur ; dans le regard passait comme une lointaine vision de souvenirs gais ? tristes ? je ne sais ; puis, soudain confiant. Green me conta l'histoire d'un petit garçon, cadet d'une nombreuse famille pas riche, qui s'en alla, un jour, tout seul, gagner sa vie comme il pouvait, ayant à cœur de ne plus rien coûter aux siens.

Au hasard d'une ville où il avait échoué, le petit garçon accepta d'entrer, au pair, chez un riche drapier, uniquement parce qu'il avait entrevu « une armoire à carreaux » pleine de livres, et qu'on lui promit qu'il en pourrait lire autant qu'il voudrait, le dimanche, s'il travaillait bien toute la semaine.

Et le petit garçon se bourra la cervelle de beaux récits où il était question de voyages merveilleux, tant et si bien qu'après avoir tout lu, il partit, décidé à faire le tour du monde, avec, en poche, une fortune équivalente à celle du Juif-errant ; mais qu'il était donc riche d'espérances !

Dans chaque pays où il passa, le petit garçon grandissant, apprit une langue : il en apprit sept ; il rêva même de Conservatoire... auditionna... et il apprit aussi, par routes et par vaux, à goûter intensément la beauté des paysages. Bast ! lorsqu'il lui arriva de coucher à la belle étoile, il s'en consolait bien vite en songeant : « Oui, mais je verrai le soleil s'éveiller, le jour se lever ! »

Plus tard, le grand jeune homme, qui, maintenant, gagnait largement sa vie, s'en allait, dès qu'il avait une heure de congé, errer dans les musées, et, plus d'une fois, en contemplant un tableau de maître, il oublia l'heure du déjeûner.

En regardant la peinture et la sculpture, Green, sans le faire exprès, apprit l'harmonie des lignes, tout comme sur les grands chemins, en admirant les crépuscules grisaille et les matins pourpres, il comprit l'harmonie des nuances, et c'est à cause de cela, sans doute, qu'il est devenu l'aimable artiste que vous connaissez.

ANNIE DE PÈNE.

LA MODE

ET

LA COQUETTERIE

———

Mesdames, Messieurs,

Je dis : Mesdames, Messieurs (selon la for-
mule), car j'ai remarqué que, même lorsqu'il
n'y a pas l'ombre de représentants du sexe
laid dans la salle, un Conférencier se croit
toujours obligé de prononcer un sacramentel
« Mesdames. Messieurs », et je fais comme
tout le monde...

Comme tout le monde, également, je vais
conférencer. Rassurez-vous, Mesdames, et
aussi Messieurs, ma Conférence sera brève...
Mais, de grâce ! tandis que je parle, ne fixez
pas les feuillets qui sont sur ma table en
ayant l'air de les compter et de penser avec

effroi : « Oh ! va-t-il raconter tout cela ? Il y
en a un volume au moins ! » vous m'intimi-
deriez, et je n'oserais plus parler.

Je vous disais donc, je fais une conférence
comme tout le monde ; je me distingue seulement en ce sens, que je parle sur un sujet,
lequel — dois-je m'en excuser ? — semble
un peu de ma compétence, puisque je suis
couturier, et que je viens parler de la Mode,
ou plutôt de la Coquetterie.

En matière de Modes ou de Coquetterie,
lorsqu'on fait des enquêtes, on demande
généralement l'avis des aviateurs, des magis-
trats, des féministes revendicatrices du droit
au port de la culotte, des cheveux ras et des
chapeaux melons..., celui des polémistes,
des politiciens, quelquefois, par hasard, celui
de trois actrices, presque toujours les mêmes...
mais très rarement l'avis d'un couturier et,
après tout, on a peut-être raison... Enfin !
tant pis, je me risque...

J'estime qu'il y aurait tout un livre à faire
sur cette question : Qu'est-ce que la Coquetterie ? C'est un joli sujet que n'ont encore
effleuré que les romanciers et les drama-
turges. Celui qui aurait, pour le traiter à
fond, loisirs et talent, en ferait un livre
piquant, plus neuf qu'on ne le croit, et moins
futile qu'il ne paraît. Pour moi, si j'avais
l'audace de l'entreprendre, je distinguerais
deux genres très différents de coquetterie :
désir *de plaire* et désir de *se plaire*. La pre-

mière objective, cherchant la satisfaction des autres pour la ramener à soi-même ; la seconde subjective cherchant sa propre satisfaction, dans l'espoir de la déverser sur les autres, et ce n'est pas là une simple nuance, c'est une analyse très féconde ; différence de procédés, différence de principes, différence de manifestations.

Un exemple : Dans la rue, vous rencontrez une femme à la beauté fine, sérieuse, discrète, ni grande, ni petite ; mince sans maigreur, marchant bien, d'un pas franc, très justement appuyé, elle est vêtue d'un costume tailleur qui la dessine, souligne les proportions de sa taille, sans la cintrer. Que penserez-vous d'elle ? Qu'elle a eu le sentiment net de l'harmonie à établir entre sa personne et son costume, qu'elle s'est, pour ainsi dire, extériorisée, pour se regarder et s'estimer du dehors, le plaisir que sa vue causera à ceux qui la rencontreront. Elle a donc éprouvé le désir *de plaire*.

Derrière elle, roule une petite boulotte, dont un arabe dirait expressivement que « sa hauteur est entrée dans sa largeur », un drôle de petit corps dont le Créateur a pris toutes les mesures avec un compas, et qui commençant par un visage épanoui comme une rose trémière, cascade de cercles en rondes-bosses, jusqu'à des pieds faits en forme de fer à repasser. Or ce drôle de petit corps est, lui aussi, enfermé dans un « petit tailleur » bien collant, pareil à l'autre. En sorte que l'enveloppe forcée, comme disent les ingénieurs, d'épouser les courbes, l'entoure en rebondissant et donne à ses formes l'aspect gracieux d'une cloche en ballade. Qu'en concluez-vous ? Que cette rondelette personne a apprécié l'élégance que ce genre de costume prêtait, ou empruntait à un autre corps féminin, et qu'elle l'a adopté pour sa satisfaction personnelle, sans autre souci que celui de *se plaire*. Et, vous le voyez, il ne faut pas confondre *plaire* avec *se plaire*.

Ah ! Mesdames, que la coquetterie est donc un art difficile à bien pratiquer. Certes, lorsqu'elle s'imprègne d'indépendance et de hauteur dédaigneuse, elle donne naissance à de véritables trouvailles d'artistes ; mais de même qu'il n'y a point de degrés entre un poème de Lecomte de Lisle et un distique de mirliton, en matière de coquetterie subjective, il n'y a pas de milieu entre l'inspiration du génie et la platitude de l'imitation. Et c'est pourquoi je crois que le désir de plaire est encore le meilleur éducateur du goût...

Je parlais tout à l'heure du costume tailleur, et je ne dissimulerai pas ma préférence pour ce genre de vêtement. Mais n'est-il pas évident que ce vêtement, en apparence, facile à porter, requiert, au contraire, un ensemble de conditions parfaitement défini, et qu'il est également inconciliable avec certaines grâces, et encore certaines disgrâces, s'il n'est pas intelligemment adapté à la forme

du corps de celle qui le revêt. Il sera char-
mant, agrémenté de larges revers ou sans
revers du tout, sur une personne mince et
élancée, dont la taille est souple et ondu-
leuse... mais s'il habille une personne forte
ou, disons le mot, une personne *mal condi-
tionnée*, la forme devra en être légèrement
modifiée; il sera moins collant, les revers,
chargés de dissimuler telle ou telle imperfec-
tion, ne devront pas être exactement copiés
sur une gravure de Mode, mais étudiés sur
le buste même qu'ils doivent parer, ainsi
que le mouvement du boutonné de la jaquette, et la longueur de celle-ci qui, à un
centimètre près, vous ne l'ignorez pas, Mesdames, raccourcit ou allonge une ligne.

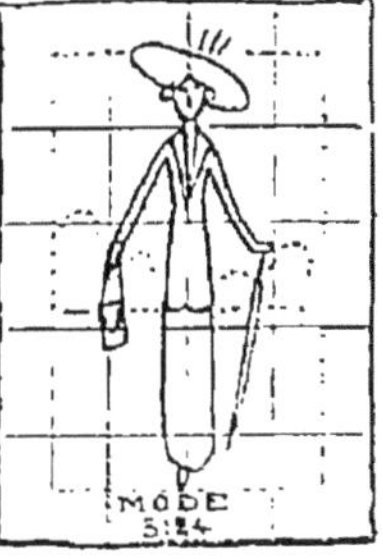

C'est pourquoi, très humblement, je me
permets de conseiller à la femme qui aspire
à demeurer judicieusement coquette de ne
pas s'écrier, devant un modèle qui lui plaît,
en brandissant un index rageur (l'image est un
peu osée) en levant un front têtu, tandis que
le regard s'enflamme : « je veux celui-ci ».

J'ajoute, mais ceci n'est qu'une parenthèse,
que le corset est le plus précieux auxiliaire
du couturier ; sans le secours d'un corset
bien fait, il est presque impossible de
réussir un costume tailleur.

D'ailleurs, j'ai la bonne fortune de pouvoir
égayer ma causerie par une série de croquis
vivants, lesquels montreront clairement
l'écueil d'une mauvaise copie ou d'une mala-

droite... singerie. Vous allez comparer les originaux séduisants avec leurs contrefaçons... Et, bien que, pour ma part, je préfère vendre des robes chères, je ne fais aucune difficulté pour reconnaître qu'il ne suffit pas toujours de s'habiller de robes coûteuses pour être élégante. Dans une toilette, c'est quelquefois d'un petit rien que naît tout le chic.

Hein ! Croyez-vous, Mesdames, quelle surprise !... Un couturier qui avoue : « Une robe peu coûteuse peut être infiniment plus gracieuse qu'une autre qui l'est davantage. » Cela n'a jamais dû se voir.

*
* *

Ce défilé me fait songer à une chose que je ne devrais pas dire... mais, puisque je suis devant un auditoire intelligent, tant pis, j'ose tout, et je vous le demande, Mesdames, est-il rien de plus pénible, lorsque, dans le salon d'un couturier, une jolie fille, fine, élancée (nous la désignons sous le nom peu harmonieux de *mannequin*) passe et repasse devant une dame volumineuse, à laquelle la vendeuse fait observer combien cette toilette tombe gracieusement et dessine bien la taille, et comme elle ira bien à Madame, qui est seulement un peu plus forte que Mademoiselle !... Malheureusement, Madame n'est pas Mademoiselle, et Mademoiselle a une allure souple et glissante, et Madame marche

d'un pas robuste, qui fait tourner sur ses hanches glissantes son buste opulent. et le joli mannequin glisse plus qu'il ne marche. Seulement, pour s'en apercevoir, il faudrait que Madame cessât de se voir elle-même dans la souplesse de la demoiselle... et de se plaire ainsi et de la sorte, nous voilà amenés à cette seconde vérité, ou pour mieux dire cette seconde forme de la même vérité : C'est sans doute le désir *de plaire* qui crée la Mode, mais c'est le désir *de se plaire* qui la suit.

Je dis qui crée la Mode, et je ne voudrais pas, en parlant ainsi, avoir l'air d'ignorer l'initiative et l'influence bonne ou mauvaise que nous exerçons... mais je ne me l'exagère pas non plus ; nous inventons, soit, ce qui est un grand mérite (ne soyons pas modestes) d'ailleurs, personne n'a jamais cru à la modestie d'un couturier. N'est-ce pas, Mesdames ?...

Ce qui est, dis-je, un grand mérite, seulement, ce sont les femmes qui imposent, et, plus d'une fois, le désir de plaire a eu raison d'une combinaison moins artistique que financière. N'est-ce pas tout récemment que, devant une résistance de ce genre, la jupe-culotte et le costume persan ont chû dans le grotesque... Depuis des années nous n'avons guère inventé que l'application au costume féminin du mot *style*, réservé jusqu'alors à l'architecture et au mobilier — ont prétendu quelques grincheux. En ce qui con-

cerne le mot, quitte à me faire écharper par mes confrères, j'avoue que ces grincheux peuvent avoir raison. Dirais-je combien, à moi-même, me semble déplaisante la tendance qu'il recouvre. Il s'agit, on le comprend, de faire revivre une mode abolie. Or, cela seul constitue en matière de goût, une hérésie damnable. Le style, c'est une époque et c'est une harmonie ; le costume ne peut s'abstraire de son cadre. L'ample jupe à paniers suppose les cavaliers à perruque poudrée, les carrosses, les grands laquais en tricornes, la pompe un peu mièvre et maniérée du XVIIIe siècle. La robe Empire requiert les uniformes flamboyants, les culottes courtes et les collets immenses, l'exubérance désordonnée d'une société neuve. Mais, aujourd'hui, que tout est sombre : les habits, les livrées et les voitures, au sein d'une société ternie, affairée et pratique, une marquise Louis XVI semblerait une figurine de Clodion égarée dans un magasin d'appareils à gaz, et je crois bien que, même en Turquie, la jupe-culotte a vécu.

Mieux, on vient, vous le savez, de proclamer la République en Chine ; or, il paraît que les chinoises ont participé à la révolution uniquement dans le but d'abandonner la culotte, et la remplacer par... devinez quoi ?... la jupe entravée !

L'influence du cadre, disais-je, est si dominatrice qu'elle a plié les plus audacieuses tentatives. Il a fallu tricher, faire des conces-

sions, et, de concessions en tricheries, les
prétendus « grands styles » en sont venus à
reproduire les anciennes modes à peu près
comme un dessus de pendule reproduit la
Vénus de Milo.

Qu'est-ce que le pur style Louis XV? deux
pauvres boursouflures de la jupe destinées à
rappeler les antiques paniers. Voulez-vous
quelque chose qui soit style encore plus pur?
Voici la recette : taillez en pointe un corsage
orné de petits nœuds Louis XV, superposez-
le à une jupe terminée par des biais Renais-
sance, le tout, bien entendu, en étoffe Liberty,
et vous aurez le grand style Louis XVI. Par
exemple, s'agit-il d'allonger la taille, de
l'allonger au point de faire que la femme
ressemble à un cornet de poivre piqué dans
une orange? Allongez la taille, — n'ayez pas
peur, quand elle sera assez allongée elle
rebondira, — et la voici, en effet, qui rebondit
pour nous donner le pur style Empire. Elle
est, maintenant, sous les bras, et la femme,
sous son chapeau aux larges ailes, semble
une lampe à colonne coiffée de son abat-jour.

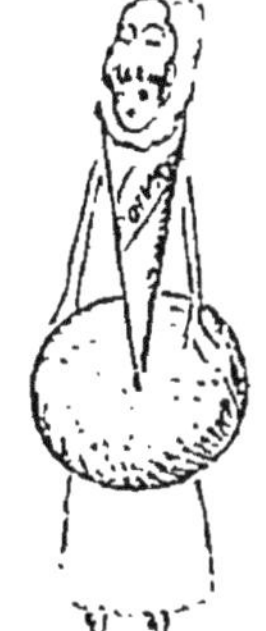

Est-ce à dire que pour être fantaisistes,
discordantes et mal baptisées, ces toilettes
soient nécessairement disgracieuses ? Non,
assurément, j'en ai vu d'absurdes et que si
j'étais femme je n'aurais point osé porter.

Mᵐᵉ Marcelle Frappa, personnifiant la *Mode
d'autrefois*, vient interrompre le conférencier
(*extraits*).

— Pardon, Monsieur, pardon ! Je ne peux pas vous laisser aller plus loin. Vous sortez de votre domaine pour entrer dans le mien. Alors, vous comprenez..., je vous arrête.

— Madame, vous m'interrompez, j'allais justement dire que lorsque la femme est jolie elle peut tout se permettre... Mais d'abord, qui êtes-vous ?

— Qui je suis ?... C'est bête, je n'ose plus, maintenant, vous allez vous moquer de moi. Non ?... bien sûr ? Ne m'examinez pas comme ça, vous m'intimidez.

— Je vous en prie, Madame.

— Eh bien, voilà, je suis la *Mode d'autrefois*. Ouf ! c'est fait. Vous êtes suffoqué de mon audace. Vous ne vous attendiez pas à me voir ici, n'est-ce pas. Moi non plus, je vous assure, mais vous m'avez un peu peinée, tout à l'heure, et j'ai tenu à venir me réhabiliter, car, enfin..., quoi que vous en pensiez..., j'ai eu aussi mes petits succès... et j'en valais une autre, vous savez !...

Vous permettez que je m'assoie. Je suis un peu émue, un peu éblouie aussi de revoir tant de lumières, après un si long stage d'oubli. Et puis, j'ai peur de ne pas savoir m'exprimer dans une langue assez moderne. Pourtant, j'ai bien des choses à vous dire, car j'en ai vu des choses, depuis le commencement de mon règne jusqu'au jour où il a pris fin. Je ne peux même pas tout raconter. Il y a eu des époques... le XVIIIe siècle et l'Empire, par exemple !... Mais n'ayez pas peur. Quand nous en serons là, j'étendrai sur ces pages trop légères un pan de mon écharpe de gaze et vous ne serez pas obligé de faire sortir les jeunes filles.

Vous me trouvez mal habillée ? C'est un peu hétéroclite, ce costume. Je vais vous expliquer pourquoi. Chaque objet de ma toilette est un souvenir et je ne saurais pas dire celui auquel je tiens le plus. J'ai toujours été très gâtée, par conséquent, autoritaire et capricieuse. J'ai imposé ma loi au monde entier. Aussi, d'être délaissée me semble très dur. J'ai quitté les boudoirs douillets pour de froides salles de musées; si vous saviez comme c'est triste ! Alors, aujourd'hui, puisqu'il m'était permis de rentrer dans la vie, j'ai cherché parmi mes toilettes tout ce que j'avais de plus aimé, les chiffons qui m'avaient fait faire le plus de conquêtes et je les ai réunis sur moi, un peu au hasard. Je n'ai qu'un regret : c'est de n'avoir pas pu les revêtir tous, ces ajustements qui vous semblent surannés. Avec leurs exagérations, leurs tares, — la perfection n'a jamais été de ce monde, — ils ont pour moi tout le prestige de ma jeunesse, des jours où j'étais suivie, écoutée, fêtée.

J'ai laissé, avec regret, dans une armoire à colonnes torses, un vertugadin de brocard clair de lune, celui de la reine Margot. Il est si ample, et d'une étoffe d'argent tissée si serrée, qu'il se tient debout dans le large bahut, comme une cloche chatoyante. L'histoire nous raconte que ce vertugadin, où Margot tenait peu de place, ayant la taille fine, cacha son époux, le bon roi Henri, pendant la nuit de la Saint-Barthélemy. Et la mouche ? N'avait-elle pas son charme?

LA MOUCHE

Chose indéfinissable et troublante, la mouche
Est tout l'art du contraste en un point condensé ;
C'est un langage, obscur au barbon compassé,
Que Colombine emploie en trompant Scaramouche

C'est un chant triomphal ou une parodie,
C'est un papillon noir dans un ciel de printemps,
Une larme figée, un sourire prudent,
    Un dièze dans la Mélodie.

C'est à la fois ainsi, n'en doutez point, Madame,
Tromperie ou franchise, appel ou dévouement,
C'est pour le cœur sincère un visage qui ment,
    En un mot, c'est toute la femme.

— Mais, pardon, Madame, vous venez d'avouer, il me semble, que votre toilette si charmante pourtant, est un assemblage de tous les styles, oserais-je vous faire remarquer que je viens justement de m'insurger contre tel assemblage.

— Hélas, cher Monsieur, soyez alors doublement confondu, car ma toilette a été combinée par un de vos confrères. Je dirai même un de vos amis... Green !

— Se peut-il, Madame ? quoi, lui aussi ? Ah ! pour Dieu ! passons, et laissez-moi continuer ma conférence et la reprendre au point où je l'avais laissée.

Je disais donc: J'ai vu des toilettes absurdes, lesquelles, si j'étais femme, je n'aurais
point osé porter ; elles étaient cependant
charmantes. Pourquoi? parce qu'elles étaient
jolies sur la femme qui les revêtait.

Si je concède que le mot *style*, selon qu'il
est appliqué, a parfois une assonnance cris-
pante, je déplore la légende qui montre
les couturiers comme n'inventant rien.
Se doutent-ils, ceux qui décrètent à tort
et à travers, que nous n'avons qu'à piller,
à glaner, dans les modes d'antan, se doutent-ils du mal que nous avons pour trouver,
au contraire, des modes nouvelles? Songent-
ils qu'il y a quatre saisons dans l'année, et
qu'il faut donc créer, quatre fois par an, non
pas un modèle, mais une centaine de modèles, ce qui porte le nombre à quatre ou cinq
cents par an, tout en restant au-dessous de
la vérité. Ah ! nos pauvres cervelles ! ce
qu'elles sont en capilotade, parfois ! Tenez,
Mesdames, et aussi Messieurs, pour continuer la mauvaise réputation du couturier ou
du moins accréditer dans votre esprit son
manque de modestie, j'ose prétendre que
créer des modèles et habiller des femmes est,
ma foi, un art aussi appréciable que n'importe
quel autre, à la condition, bien entendu, que
ce ne soit pas un art qui confine au génie !

Pour en revenir à la question de la Coquetterie, je dirai qu'elle se résume comme elle
se pose : si la femme était l'accessoire de la

toilette, elle pourrait évidemment revêtir
n'importe quels costumes, qui feraient aussi
bien sur elle que sur un joli mannequin;
mais, justement, c'est la toilette qui est l'accessoire de la femme, et voilà pourquoi elle
ne demeure jolie qu'à la condition d'être
seyante, c'est-à-dire de se trouver en harmonie avec le corps qui la porte ; et s'il en
est ainsi, ne cherchez au costume ni un nom,
ni surtout un style. Elle sera élégante, agréa-
ble, parce qu'elle sera personnelle, et que son
ensemble aura été inspiré par le désir *de
plaire.*

Je voudrais aussi vous parler, bien que ce
ne soit pas dans le programme de ma conférence, mais l'idée m'en vient tout à coup,
de la *Mode au Théâtre.* J'ignore l'impression
qu'elle donne en général aux spectateurs,
mais moi, parfois, elle me déroute. Je n'ai
pas encore pu admettre comment il se fai-
sait que, dans une pièce, où l'héroïne
arrive, soi-disant, de faire 200 kilomètres et
plus en auto, elle descende de ladite auto,
vêtue d'une robe de mousseline de soie, qui
semble créée juste pour être portée une soi-
rée, et encore, à la condition d'être revêtue, à
la minute même du départ, tant sa fragilité
est grande. Naturellement, cette toilette s'ac-
compagne d'un immense chapeau où sont
venus se grouper paradis et aigrettes, les
plus fragiles de la création.

C'est, je le reconnais, une radieuse apparition, et aussi une excellente réclame pour un couturier; seulement, l'auteur de la pièce ne préférerait-il pas que son héroïne soit habillée dans l'esprit de son rôle. Enfin, passons..., je laisse à ceux que la question intéresse le soin de la méditer.

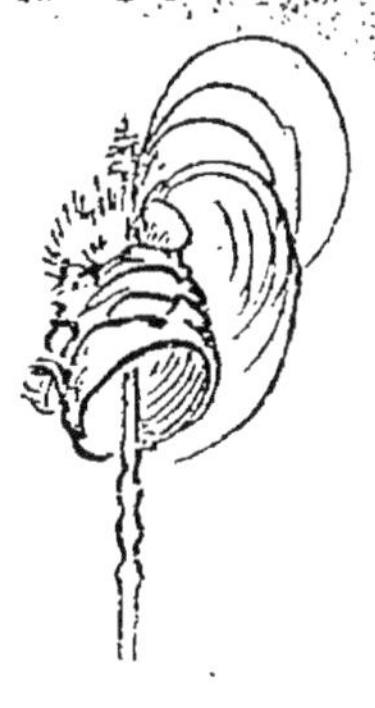

En tous cas, si j'étais fabricant d'autos, je saisirais certainement cette occasion pour faire un peu de publicité sur ma marque. Dans un petit coin du programme, je ferais insérer : « Mes voitures transportent les chapeaux, sans briser une aigrette, à travers le monde, et une douzaine d'œufs sur le sol sans les casser... »

Mais revenons à notre sujet, nous parlions du *style*. Pourquoi, puisque nous tenons tant à ce mot, ne créons-nous pas un style qui ne serait ni Louis XV, ni Louis XVI, ni aucun Louis, ni Empire, ni rien du passé? Mais qui, pour être en harmonie avec notre époque,

s'appellerait le *style Aéro*, le *style Auto*, le *style Métro ?* Non, décidément, ces noms ne sont pas jolis, je renonce à mon

idée, à moins de l'appeler le *style XXᵉ siècle* simplement. Toutefois, il est je crois, une Mode que vous aimeriez, Mesdames, voir

revivre; hélas ! prenez-en votre parti, elle ne reviendra jamais ! c'est la Mode des prix qui furent établis par mon illustre ancêtre, le couturier Bellan.

Oyez le détail de la facture d'une Altesse Royale, telle qu'elle fut établie par le coutu-

rier Bellan, fournisseur de Son Altesse
Royale, en 1756 :

NOTE POUR SON ALTESSE

Pour une robe garnie poil de cerf sauvage, déboursé 3 aunes 1/2 taffetas.	17 fr. 10
Avoir découpé 21 peaux par bandes pour garnir ladite robe	15 —
Pour une robe dite de livret, déboursé 40 aunes d'agrément en chenille, à 8 sols l'aune...................	16 —
Déboursé pour 12 aunes de taffetas ..	60 —
Déboursé pour une ouate...........	5 —
Façon de ladite robe	15 —
Livré à Son Altesse 18 aunes de moire, à 18 livres	324 —
Déboursé pour un jupon de taffetas ..	30 —
Déboursé pour une découpure, parure et bouquet....................	12 —
Pour une parure martre ouatée, montée sur ruban	9 —
TOTAL.........	503 fr. 10

Une seule chose mettrait tout le monde
d'accord, aussi bien vous, Mesdames, que
ces Messieurs qui doivent solder la note,
ce serait de pouvoir adapter le *style XXe siècle* aux prix du XVIIIe.

GREEN & C°

23, RUE DE LA PAIX

PARIS

GREEN & C°

23, RUE DE LA PAIX

PARIS

BIBLIOTHEQUE NATIONALE DE FRANCE
3 7502 04228422 6

www.ingramcontent.com/pod-product-compliance
Ingram Content Group UK Ltd.
Pitfield, Milton Keynes, MK11 3LW, UK
UKHW021622130726
13696UKWH00005B/2010